Martin Walser
DAS TRAUMBUCH
Postkarten aus dem Schlaf
Cornelia Schleime

ROWOHLT

O ein Gott ist der Mensch, wenn er träumt,
ein Bettler, wenn er nachdenkt

Friedrich Hölderlin, «Hyperion»

Eins

Ich bin ein anderer. Ich will in mein Auto, da sitz ich schon drin. Und der, der da drin sitzt, bin ich.

Aber ich sehe nicht aus, wie ich mich kenne. Ich sehe wirklich anders aus. Das wirkt auf mich zurück. Da ich ganz sicher weiß, der da, der in meinem Auto sitzt, bin ich, bin ich dem also ähnlich.

Ein bisschen anders ist der immer noch. Ganz gleich wie der kann ich mich nicht fühlen. Aber es ist sowieso keine Frage: Der da im Auto sitzt, bin ich.

Und als ich einsteigen will, fährt der weg.

Ich springe hinten auf den Kofferraumdeckel.

Der vorne fährt eine steile Einfahrt hinab, es ist, als würden wir in einen Keller fahren.

Aber ich habe das Gefühl, es könne mir nichts passieren.

Schloß Meersburg mit Säntis

Bei Thomas Mann im Arbeitszimmer. Ein Jugendstilschreibtisch mit einer übermäßig und mächtig geschnitzten Vorderseite. Durcheinanderlaufende Holzreliefbahnen.

Zuerst nur der Sohn. Ein hoffnungsloser, sofort krankhaft wirkender Sohn, ein Schwätzer.

Dann Thomas Mann mit offenem Hemdkragen, starken Schlüsselbeinen, braun gebrannt, eher ein zäher, alter Naturbursche, sehr überraschend und sofort sympathisch.

Dann kommt er nah her. Ich nehme mir vor, zu meiner Meinung über ihn zu stehen, mir aber nicht nachsagen zu lassen, ich sei sozusagen ein Thomas-Mann-Gegner. Ich weiß ihn durchaus zu schätzen. Das soll er wissen.

Aber er sagt nur einen Satz zu mir: Sie raten ab von mir, ja!

Und geht.

Es bleibt der Sohn, der Kontakt mit mir will, mich besuchen will, bei uns bleiben will.

Wir warten.

Doch Thomas Mann kommt nicht mehr.

Der Affe mit dem blutigen Geschlechtsteil, männlich, den mir Käthe in Wasserburg, neben dem Bahnhof liegend, vorführt und den ich sogleich spiele, imitiere, bis zu einem angedeuteten Sich-selbst-Befriedigen, das dann alles lösen soll.

Mühelos führt der Traum ganz verschiedene Räume durcheinander, ohne dass sie einander verletzen oder auch nur stören.

Wilhelmsdor ... am ... See

Zwei

Eine Art Fußballfeld. Adolf Hitler mit zwei, drei anderen. Wir sehen und hören, wie er anfängt zu singen. Eine Art Bariton. Dann macht er ein paar Fußballspieler-Bewegungen. Er ist wie ein Spieler gekleidet, trägt aber hellgraue, dicke Wollstrumpfhosen.
Sich wirklich zurückhalten! Nicht reagieren! Das ist das einzig Mögliche.

Ein Traum-Einfall: Laura will ein Jahr lang verachtet und übergangen sein. Wirklich ungeachtet bist du, wenn du mit diesen Erbauungsschriften in der Hand an einer Straßenecke stehst. Das ist der Platz, der ihr Lebensgefühl am meisten ausdrückt. Das ist Karriere. Weiter kann man es nicht bringen, als von all den Menschen übersehen zu werden.
Sie hat schon ein paar Monate Erfahrung. Diese zugeschnürten oder von einer Absicht versklavten Gesichter, die da an ihr vorbeitreiben, mitgerissen sehen die meisten aus, mitgerissen von einem furchtbaren Strom. Und nur sie steht am Ufer und hat das ungeheure Privileg, zuschauen zu können, alles wahrzunehmen, entzogen zu sein dem reißenden Zeitstrom, in dem Menschen nichts sind als Hölzchen, die es irgendwohin schwemmt.

Einmal gehörte auch ich zu einem Szenario der Erlösung. Ich war der, der dieser Religion eine bessere Anthroposophie bringen konnte.
Ich plötzlich im Licht, das durch die Wolken kommt. Dann wird es auch um mich dunkel.
Unter mir, unter dem Hügel, auf dem ich stehe, ein unabsehbarer Menschenstrom, dicht gedrängt, in dunklen Farben.
Sie schauen zu mir herauf.

Traum von Hans Magnus Enzensberger. Es geht um den Selbstkostenpreis Gottes.

Drei

Ein Beischlaf mit einer B. von Ehrenstein. Sie ist sozusagen verdorben, will nichts als das. Als ich meine Unterhose ausziehe, zieht sie diese viel schneller, als ich sie ausziehen konnte, an.
Es fängt an, will anfangen, da sitzen auf der Bettkante zwei dunkel, aber phantastisch gekleidete Frauen, junge, strenge, und beobachten genau, was wir tun.
Ich kriege keine Luft mehr. Erwache. Ich kann nachher nicht mehr einschlafen, ohne dass ich beim Einschlafen jeweils durch Luftmangel wieder aufschrecke. Ich soll wach bleiben. Luftmangel als Strafe fürs Einschlafen.
Später in Wasserburg. Wieder im Traum. Pfarrer Rottenkolber predigt, läuft dunkel an, hat keine Luft mehr, fällt um. Ich als Erster dorthin, trage ihn von der Kanzel, auf der steht inzwischen Helmut Kellerhof und sagt laut, was für verdächtige Medikamententäschchen da liegen, ganze Haufen.
Mir bleibt von einem der weiteren Träume der Satz: Wer Bücher schreibt, dem wächst die Nase zu!

30252 Bodensee - Wasserburg

Pete Sampras. Ich kriege seine Rechte zu fassen. Ich sage, dass ich diese Meisterhand ein bisschen pressen möchte.
Wir sind in Wasserburg. Er bei uns in der Stube. Wir am Fenster. Die Leute fotografieren von außen herein. Er sagt, er werde Trainer in Bern. Ich lobe gern ... Dort sei nichts durch Renovierung zerstört.

Insel Reichenau mit Schloß Salenstein.

Nach dem Aufwachen die sogenannte Wirklichkeit, ein ödes, stimmungsloses Milieu.

Dass immer körperliche Zustände den Traum bestimmen. Das wäre das stärkste Argument gegen die Psychoanalyse des Traums. Herzschmerzen, Magenverstimmung, Sexualbedürfnisse, je nachdem, was vorkommt, wird geträumt. Der Alptraum ist körperlich bestimmt. Aber man hat im Gedächtnis einen Vorrat von allem. Man kann jeden körperlichen Vorgang bebildern, und mit Bebildern fängt der Traum an, danach wird er fast selbständig. Und die Flugträume entstehen eindeutig dadurch, dass man im Schlaf den Atem anhält.

Beide Zehennägel der großen Zehen kann ich schmerzlos abnehmen. Unter den mit Pilz befallenen Nägeln kommen frische, makellose Nägel zum Vorschein.

Ueberlingen am Bodensee Barfüssertor

Vier

Viele strömen aus Sälen hinaus, sind aber noch im Gebäude.
Sie mit einem Blonden, nicht größer als sie. Grellblond, volle Haare, ein schärfer geschnittener Helmut Griem.
Ich komme nicht an sie heran.
Sie sagt mir etwas, das heißen soll, ich müsse wegen dieses Begleiters nicht unruhig werden.
Dann bin ich mit dem Rad unterwegs, in Lindau, in allen Straßen, ich will zu ihr, sie wohnt in der Höhe, aber ich komme in dem Wasser nicht voran. Manchmal sehe ich eine Straße, in der kein Wasser ist, komme aber nicht hin. Will telefonieren. Aber alle erreichbaren Telefonhäuschen sind besetzt.
Warum bin ich denn nicht gleich darauf gekommen, mit dem Handy anzurufen!
Ich hole es heraus. Es ist mir fremd. Es sieht aus wie ein Korkenzieher, der bei ihr zu Hause in der Schublade liegt.
Es gelingt mir einfach nicht, sie anzurufen.

Um zu hassen, brauch ich ein Zimmer, im Freien kann ich nicht hassen.

Ein sozusagen gnadenloser Traum.
Ich zwischen Geiselharz und Amtzell. Ich verlasse plötzlich die Gruppe, zu der ich gehöre, springe ab, schere aus, weil ich sie in einer anderen Gruppe mit mehreren Männern und Frauen sehe, dunkel gekleidet alle, wer zu wem gehört, ist nicht ganz deutlich. Ich erkenne aber, dass sie zu dem gehört, der unter einer schwarzen Jacke einen weißen Schal trägt. Sie kommt her, wir zwei an einem Tisch, das Tischtuch ist verwüstet, auch ein Brandfleck ist da, den decke ich zu, als die Bedienung zum Kassieren kommt. Ich stehe auf, will ihr die Hand geben, weil ich doch gehen will. Aber sie: Sie bleibe noch. Sie – jetzt meint sie ihre Gruppe, die nicht weit von uns steht – hätten hier ein Essen bestellt, das jetzt serviert werde. Wir einander gegenüber, ihr Gesicht wie aus Elfenbein. Nicht in der Farbe, aber in der Bewegungslosigkeit. Und in der Härte.
Später sehe ich sie bei dem mit dem weißen Schal. Wir hatten, solange wir einander gegenübersaßen, kein bisschen Gemeinsamkeit oder Stimmung; sie saß mir gegenüber nur als eine Art Information, dass sie nicht meinetwegen hier sei.
Und ich hatte dazu nichts zu sagen. Ich war nur der Empfänger dieser Information.

Vergangenheit, das ist ein Traumhausbau.
Mir ist der von der Psychoanalyse empfohlene Umgang mit Träumen völlig fremd; ich weiß durch jahrelange Beobachtung, dass ich nichts damit zu tun habe. Schon das Bedürfnis, Träume zu deuten, kommt mir absurd vor.
Meine Träume müssen nicht gedeutet oder gar nach den billigsten Schlüsseln übersetzt werden, sie sind mir lieb und wert, so wie sie vorkommen. Sie sind mir deutlich genug.

Mit zweien auf einem Motorboot. Auf dem Atlantik. Nahe NY. Gleich kein Benzin mehr. Und immer weiter draußen.
Keine Orientierung mehr.
Und *sie* wird jetzt auf meinen Anruf warten!
Dann in einer kleinen Küstenstadt gefragt, wo wir sind. Aber wir wissen nicht, wie der Ort heißt, von dem wir losgefahren sind. Ich sage einen Namen, der es sein könnte, und der Mann, den ich frage, sagt: Das liegt in Italien!
Es gibt keine Lösung.
Ich beneide die, die in dieser kleinen Stadt leben, um ihre Problemlosigkeit.

Fünf

Samenübermittlung auf vollkommen keusche, nahezu ungeschlechtliche Art.

Sie, nachher, ob es mir jetzt wohl sei.

Ja.

Sie: Dann steht der Bub zu seinem Vater. Das sei so, wenn einem danach wohl sei.

Ich: Das sind so vorarlbergische Weisheiten!

Mit einer jungen Frau im Bett.
Sie sagt, ich habe sie in die Zipfelzeit zurückgeworfen. Sie will spürbarere Wörter.
Plötzlich stehe ich auf, gehe um das Doppelbett herum, am Fußende des Bettes sitzt etwas unter einem dunklen Tuch, als schwarze Silhouette.
Mama. Sie muss alles gehört haben.
Ich streichle sie ganz heftig.

Bodensee
Blick auf Schweizer Alpen (Säntisgruppe)

Ich lese in einem Buch, halb Krimi, halb Science-Fiction.
Eine Handlung, die hauptsächlich enthält, dass eine Frau Kinder gebärt, die von Geburt an Krawatten tragen, mit Krawatten auf die Welt kommen.
Ich beneide den Autor um diese Idee. Sage zu Alissa: Warum fällt uns so etwas nicht ein!
Ich wache auf und nehme mir vor, diese Idee nicht zu vergessen. Ich bin einen Augenblick glücklich, dass ich das nur geträumt habe ... Diese Idee ist also noch zu benützen.
Bei Tageslicht dann doch nicht.

Mit vielen in einer überfüllten Vorhalle.
Es kommen dann Reich-Ranicki mit Gefolge und, hinter ihm, ihn überragend, eine Art Michel Friedman, der heftig mit einer Schönen scherzt, auch aus Übermut nach ihr beißt.
Reich-Ranicki und Michel Friedman haben dünne Stöckchen. Ich habe auch ein solches Stöckchen. Als sie an mir vorbeikommen, um dann endlich einzuziehen ins Ziel, springe ich auf. Ich rufe, dass ich mich nicht von denen schlagen lasse.
Sie wehren sich. Ein kurzes Gefecht mit den Stöckchen. Ich verliere irgendwie.

Arnold Stadler, er kommt zu mir her. Legt sich auf mich und sagt: Du miesepetriges Weib!

Gespräch mit Sigmund Freud.
Er war alt, sah aber ganz anders aus als der wirkliche Freud. Statt eines Hemds trug er unter dem Anzug eine Bluse, wie sie Chirurgen bei der Arbeit anhaben, nur aus grauer Seide und mit feinen Knöpfen.
Und man konnte nichts sagen, weil er immer schon wusste, was man sagen würde. Das war lästig. Und er tat so, als litte auch er ein wenig darunter, dass mit ihm kein Gespräch möglich, weil nicht nötig war. Aber gleichzeitig war doch deutlich, er tat nur so, als litte er darunter, man wusste, tatsächlich verachtete er einen mehr oder weniger, weil man genau die Art Person war, die einer wie er sofort durch und durch kennt und mit der es sich dann nicht mehr lohnt, ein Gespräch zu führen.

Sechs

Eine zuerst sehr Schöne.
Als sie angezogen war, standen ihre Hüften so eckig vor, dass sie fast wie eine Wiederholung der ebenfalls wegstehenden Ohren aussahen.
Aber in anderen Szenen war sie sehr schön.
Ich fühlte mich von ihr nicht oder zu wenig geachtet. Ich wunderte mich sehr, dass sie dann doch in einem Schlafzimmer war. Aber mir gelang es nicht, das Licht anzumachen.
Es ist fast unmöglich, einen Tag nach einer solchen Nacht zu bestehen.
Es ist, als gäbe es doch nichts anderes als das. Alles andere ist Ersatz.
Wenn das so ist, war dieses Leben nicht viel wert.

Ich werfe ein glitschiges schwarzes kleines Tier ins Feuer.
Dann ist das Feuer eine Pfanne, und darin brät ein sich entfaltendes Tier, das dann qualvoll flieht und in seiner Halbverbranntheit aussieht wie Micki, Alissas Hund.

Traumfetzen.

Siegfried sagt, dass er das Stück bekommen habe.

Ich: Aha?

Schon während ich frage, sehe ich an seinem Gesicht, dass er es für eine Zumutung hält.

Also unterbreche ich ihn sofort, als er sagt (in entrüstetstem Ton), er habe es doch noch gar nicht lesen können!

Sieben

Bei Grübels war ich, ging ins Haus, in die Tenne, wollte einen Korb holen, aber es war niemand da.
Da kam von außen plötzlich eine Frau, die halb wie Hagens Klara und halb wie Brauns Rese aussah und fragte, was ich hier suchte.
In diesem Augenblick schob sich aus Köberles Gartentor ein Beerdigungszug.
Ich musste fliehen, rannte auf die Straße, erkannte, dass auch aus Metzger Gierers Haus ein Sarg getragen wurde, rannte also den Weg bei Morsers hinein. Aber da sah es aus, als habe man gerade einen vorher hier aufgebahrten Sarg weggetragen. Und in der Eile stolperte ich dann wirklich über einen Sarg und sah, davontorkelnd, noch in die Augen des Toten, die durch mein Über-den-Sarg-Stolpern aufgeklappt waren. Ich rannte und rannte und befand mich plötzlich in der Linde, in der Gaststube, ich wollte hinaus, und zwar durch ein Fenster, aber es waren ganz neue Fenster mit Metallrahmen, und alle waren geschlossen.
Dann konnte ich wieder einmal fliegen im Traum. Flog also in der Gaststube von Fenster zu Fenster, die Luft wurde knapp, endlich fand ich eine Öffnung, kam hinaus, auf eine Rutsche, und rutschte steil hinab, aber nicht senkrecht, traf unten auf und sagte etwas wie: dass diese Rutsche weniger Platz brauchen würde, wenn man sie ganz senkrecht machte.

STHOF ZUM
Gewerbebank Weingar

Bernt Engelmann als Riese. Sein nackter Fuß auf meiner Brust, ich werde daran ersticken. Er tut es, um einer alten Frau, einer sehr kleinen, einen Platz auf dem Sofa zu verschaffen, das ich schon für eine junge Nackte reserviert habe.

Die kommt gerade.

Engelmann zieht sie an einem Bein wieder von dem Sofa, auf dem sie schon liegt. Sie zappelt, aber er ist stärker.

Später hat sich Engelmann an einer Treppe auf der Westseite so in der Rundung eines Geländers verfangen, dass er aussieht wie erhängt. Seine Füße sind in der Luft. Er befreit sich gerade noch, fällt aber zu Boden.

Ich hin. Mit einem Schreckensschrei, dass Engelmann tot sei.

Alle zu mir hin.

Ich sehe seine Augen gebrochen.

Ausführliche Betrachtung der gebrochenen Augen. Die schrumpfen zusammen wie gekochte Schnecken ...

Aber wir haben schon angefangen, Engelmann zu massieren und zu tätscheln, und er erholt sich wieder!

Auf dem Rücksitz eines offenen Autos, in rasender Fahrt auf der Pappelallee Richtung Nonnenhorn. Es steuert eine Frau.
Ich überlege: Wahrscheinlich wird sie die Führung über das Auto verlieren, und ich werde hinausgeschleudert. Ein paar Mal ist es fast so weit. Dann plötzlich auf ein Haus zu.
Ihr Mann wirft die Hände in die Luft, aber sie fährt durch die offene Tür, weiß offenbar genau, dass ihr Auto knapp hindurchgeht, bis wir auf ein Buffet zuschießen, aber da hat sie schon gebremst. Wir stoßen nur sanft dagegen.
Jetzt aus der Wand links eine Hausangestellte. Sie streckt den Kopf herein.
Ich höre, sie heiße Mia, und sage sofort: Sie sind aus Nonnenhorn.
Sie, ziemlich grob, dass sie doch nicht aus Nonnenhorn sei. Sie sei Fränkin!

In Wasserburg.
Im Haus eine Art Explosion, und es reißt uns in die Höhe, Habermas und mich, wir fliegen schneller hoch als die auch schon nach oben fliegenden einzelnen Stockwerke.
Ich mache Habermas auf das aufmerksam, was die hell erleuchteten Stockwerke enthalten.
Dann schießen wir in die Nacht hinaus und wissen, dass wir gleich wieder herunterfliegen werden und dass das tödlich sein kann. Wir klammern uns aneinander, umarmen einander. Habermas hat mehr Angst als ich; ich hoffe irgendwie auf Bäume und Zweige, an denen wir uns beim Sturz nach unten halten können. Lange fallen wir, aber dann kommen die Äste und Zweige, der Fall wird gedämpft, wir sind erschüttert, aber heil auf dem Boden.
Wir umarmen einander noch fester.

Acht

In der Nacht in Wasserburg. Ich in der Abortgegend, mit heruntergelassenen Unterhosen, und in denen Stuhlgang. Da kommt auch schon ein Mädchen den Abortgang herein.
Tiefer kann eine Beschämung nicht sein.
Das, was im Western die Dramaturgie will: die äußerste Aussichtslosigkeit, das ist im Traum schnell erreicht. Das schlimmste Vorstellbare.

auf den Bodensee, Insel Mainau/Bodensee

Brechts Sohn kriegt im Saal einen anarchisch-obszönen Schreianfall, sein Vater geniert sich ein bisschen, aber vielleicht genießt er es auch. Der Sohn flieht, wird verfolgt, man sucht ihn, die Verfolger sind SS-Leute. Ich, mit weißen Turnschuhen, hoffe, dass sie nicht meinen, ich sei dieser Sohn.
Besonders gemein sind Zwillingsschläuche, aus denen mit ungeheurem Druck Wasser ins Gras und Dickicht gespritzt wird ...
Ich geniere mich dafür (schon im Übergang zum Aufwachen), dass die Verfolger einer Verfolgung, die in der DDR stattfindet, SS-Leute sind.

Höschelers Heini verbietet das Glockenläuten. Täten wir's doch, müsse er uns ohrfeigen.

Ich tu's trotzdem.

Dann mit ihm allein in der Glockenstube. Ich weiß, er muss mich jetzt ohrfeigen.

Bitte.

Ja, ich müsste, sagt er. Aber los, nimm dein Stück und lies es durch, das ist jetzt wichtiger.

Ich bin gerührt und fast enttäuscht.

Das «Büro» in Wasserburg als TV-Studio. Eine Livesendung.
Ich finde das Gedicht nicht, das ich vorlesen soll. Blättere in einem alten Buch, dunkelrot. Es steht «Samson» drauf. Das sind die Memoiren eines Scharfrichters. Es ist unendlich peinlich, dass die Sendung läuft und ich das Gedicht nicht habe, das ich vorlesen soll.
Ich blättere schon ganz wahllos, kann nur noch auf einen Zufall hoffen. Plötzlich sitzt hinter mir Mama, sie strickt (was sie nie getan hat). Ich muss sie ziemlich brutal zur Seite stoßen, dass sie nicht mehr im Bild ist.
Ich erwache ohne Atem.

30
G 80

BODE
Konstanz.

Ich spiele mit in einem Stück von mir. Die Schauspieler der Stuttgarter Uraufführung sind auch dabei. Die Aufführung ist merkwürdig leise, und plötzlich geht es gar nicht mehr weiter; ich warte auf mein Stichwort, Leute im Saal fangen an zu rufen, schließlich stehen fast alle auf und gehen.

Ich nehme, um ganz sicher zu sein, ein Textbuch zur Hand.

Als alle gegangen sind und nur noch Platzanweiserinnen, rot gekleidete, im Saal sitzen, in einer geometrischen Dreiecksordnung, unterhalten wir uns auf der Bühne über die Gründe für den Zusammenbruch, und es stellt sich heraus, dass ich meinen Text nicht gesagt habe. Sie haben alle auf mich gewartet!

Ich sage, ich hätte mein Stichwort nicht gehört, die Souffleuse hätte mich doch aufmerksam machen müssen! Und bekomme zur Antwort, dass die Souffleuse mich doch immer wieder aufgerufen, dass sie mir den Text zugerufen habe!

Joachim Kaiser in einer Baumwollturnhose, eher dickes Gewebe, die ganze Hose mit rotbrauner Schrift gemustert. Und ich weiß, dass das der Text seiner «Dorle und Wolf»-Kritik ist. Ich sehe auch, dass das nicht die ganze Kritik ist, sie hört am Ende des rechten Beinausschnitts auf, ist nicht ganz zustimmend, aber auch nicht bösartig. Und ich weiß aus Erfahrung, wenn er so kritisch anfängt, wird der Schluss positiv oder sehr positiv.

Ich muss in ein Klo. Wasser lassen.

Er folgt mir, greift nach meinem Geschlechtsteil und presst es mit seiner Hand. Er hat sexuelle Absichten. Mein Geschlechtsteil wird hart. Ich bin froh. Ich bin zwar nicht in einer der seinen vergleichbaren Stimmung, aber ich fürchte, er wird es mir übel nehmen, wenn ich seine sexuellen Angebote oder Wünsche zurückweise.

Dann kommen er und ich auf mich zu. In einem Film. Wir werden beide von Schauspielern dargestellt. Nur ich schaue zu.

Der, der mich darstellt, hat unter seiner Jacke einen Revolver mit Schulterhalfter.

Ich sehe mir nicht gleich, hoffe aber, dass der, der mich darstellt, keine Fehler machen wird.

Neun

Wie rohes Fleisch sind die Träume.

Geträumt, dass einer plötzlich Pistolen verteilte, bevor wir in ein Haus gingen. Und es war sein Altruismus, dass er das tat; wir hatten ihm dankbar zu sein. Aber er sagte nicht, ob sie geladen und wie sie gesichert seien und wie man sie entsichere oder ob sie vielleicht entsichert seien. Man hatte das Gefühl, man dürfe sie überhaupt nicht berühren. Sie waren einem selbst gefährlicher, als sie je einem anderen werden konnten.

Ich liege in einem Bett und habe Besuch zu erwarten, im Vorraum sind Frauen, eine kommt herein, ein Mädchen, legt sich neben mich, mir ist es peinlich, dass ich nicht einmal ihren Vornamen weiß. Sie ist nackt, und es kommt zum Verkehr.
Nachher wird sie von einer älteren, durchsichtigen Person ausgefragt. Ich gehe an denen vorbei, habe ein kalt werdendes Ejakulat an den Beinen.
Jetzt ist Käthe da, spielt mit dem Hund, der entblößt ein völlig menschliches Geschlechtsteil, ich drehe mich, ich will ihn zu einer homosexuellen Handlung verführen bzw. will wissen, ob mir das gelingen würde.

Der Traum holt sich also, wenn er es braucht, die Geschlechtsszene direkt und muss nicht andauernd einkleiden, um dem Deuter Beschäftigung zu verschaffen.

Ich im Garten, sitze in der Wiese, nur oben bekleidet. Es kommt ein Mann vom Nachbargrundstück: Er sei der Vorsitzende der deutschen Siedler auf der Insel.
Ich rufe Käthe, sie kommt ohnehin gerade aus dem Haus, sie kenne diesen Mann, sie geht auf ihn zu, so wie er auf sie, sie begrüßen einander, wie sich nur ein Liebespaar begrüßt, mit Küssen und Streicheln. Käthe ist es ein bisschen peinlich. Sie schaut zu mir her.
Bitte, bitte, mache ich, aber ich meine es nicht, diese Zärtlichkeiten haben mir wehgetan.

Den Träumen kann man trauen, mehr als allem sonst.

Pfarr- u. Wallfahrtskirche
Schienen

Zehn

Um 18 Uhr vor einem Philosophenkongress, der in einem historischen Gemäuer tagte.

Im Freien, auf einem weiten Platz, saß schön schlank und eher verträumt Jürgen Habermas. Er nahm keine Notiz davon, dass ich an ihm vorbeiging.

Drinnen fehlt mir das Manuskript.

Eine elende Sucherei beginnt. Ich habe Manuskripte, aber wie ich sie jetzt durchblättere, sind sie alle unvorlesbar, ich habe mich einfach getäuscht! Das, was ich wollte, habe ich nicht. Ich muss denen sagen lassen, vom Einladenden, dass ich lieber frei sprechen würde. Ich lasse das damit begründen, dass es auch viel glaubwürdiger sei, wenn ich etwas Unaufgeschriebenes vortrüge.

Aber ich kann dann nicht anfangen. Ich bin in Wasserburg. Die Veranstaltung soll in Lindau sein, um 18 Uhr. Ich habe noch Zeit. Aber es ist ein Gedränge.

Und ich glaube nicht daran, dass ich frei sprechen kann, es würde sich nicht lohnen, mir zuzuhören.

Auf einem runden steilen Hang rutschen mit dem fallenden Wasser große Fische herab. Wir müssen einen fangen.
Mit einem anderen zusammen gelingt es mir. Ich greife fest zu, die riesige Lachsforelle will mir aus der Hand. Ich presse so stark wie möglich, habe sie.
Ich muss sie heimbringen, das weiß ich. Ich muss sie töten. Mit einem Stein schlage ich ihr auf den Kopf. Sie verzieht das Gesicht. Sehr menschlich im Schmerz.
Nachträglich erinnert das Gesicht an Fritz Kortner, über den am Abend eine Stunde lang ein Film gezeigt wurde.
Ich muss trotz des Schmerzgesichts weiter töten.

Im Kulturbetrieb wird von einem neuen Buch von Günter Grass gesprochen.
Es ist noch nicht da. Noch nicht fertig, aber er hat schon ein oder zwei Kapitel davon geschrieben.
Es ist ein ganz großartiges Buch. Titel: «Tod im Odenwald».

Käthe hat geträumt: In Rengoldshausen wird eine Zeitschrift gemacht.
Sehr erfolgreich.
Sogar Siegfried Unseld jammert: Wir werden mit denen nicht mehr fertig!
In New York spricht man über nichts anderes als über diese Zeitschrift.

Der Traum hat keine eigene Ebene. Aus allen Ebenen bedient er sich. Das, was so übersetzenswert erscheint, das, was man nicht direkt zu verstehen glaubt, das ist oft aus allen Schichten.
Und es ist nie genug Licht in den Träumen. Die Träume sind nicht besser erleuchtet als das 18. und 19. Jahrhundert.

Wasserspiel

Elf

Die Traumtendenz weist nach Wasserburg …

Vergangene Nacht in Prag. Mit ehemaligen Funktionären, die alle eine Staatssprache sprechen. Es gibt keine private Wertung, kein Wort verrät eine eigene Empfindung, in jedem Wort kommt nichts als die öffentliche Staatsmeinung zum Ausdruck.
Dann das Geld: eine Art Grünzeug. Kleine Zweige mit nicht mehr ganz frischen grünen Blättern.
Und ich habe kein Geld mehr. Einer gibt mir solche Zweige. Ich weiß, es ist Geld, und wundere mich nicht.
Dann muss ich plötzlich heulen, sinke in mich zusammen, will heim. Aber ich kann mich nicht mehr bewegen.

Ich war in Berlin und wusste nicht, ob ich es noch schaffen würde, am selben Tag heimzukommen, aber ich wollte alles daransetzen. Ich war am Bahnhof, hatte aber das Gefühl, dass ich fliegen müsste, um heimzukommen ... Und der Bahnhof in Berlin war der Wasserburger Bahnhof. Das störte mich nicht.

Der Traum hat, wenn er einen Bahnhof braucht, eben nur den Wasserburger Bahnhof zur Verfügung. Der Traum kann nur mit den gegebenen Elementen arbeiten. Und es gibt, wie in der Chemie, so auch im Leben nur eine recht beschränkte Zahl von Elementen. Und die sind alle in Wasserburg beheimatet.

Lesung in einer Schweizer Grenzstadt, die mit Donaueschingen zusammengebaut ist. Man muss mit der Straßenbahn durch den deutschen Teil, um zum Vorlesungslokal zu kommen. Ich bin viel zu spät dran. Hätte ein Taxi nehmen müssen. Beschwere mich ein bisschen beim Chauffeur oder Schaffner.
Er, in Wiener Mundart: I hob's net ausglegt.
Er meint die Strecke.
Dann komme ich endlich hin, es ist schon drei viertel neun. Und ich habe nicht das richtige Galistel-Exemplar, stattdessen eines mit Bildern, mein Text ist nicht herausgestrichen, also muss ich lesen, wie es kommt. Und da sind viele afrikanische Namen drin, die überhaupt nicht auszusprechen sind. Und ich merke plötzlich, dass das der Saal der Turn- und Festhalle in Wasserburg ist.

Immer öfter träume ich von München oder von anderen Städten und komme abends mit dem Zug nicht mehr heim, d. h. nach Wasserburg. Der Anschluss klappt nicht mehr. Irgendwo muss ich – und das ist fürchterlich – noch einmal übernachten. Und wenn ich bis nach Wasserburg komme, ist Käthe nicht da, sondern in Friedrichshafen. Und da komme ich nicht mehr hin.
Und wenn ich die Treppe in der Fremde hinaufgehe, sagt einer spöttisch grüßend: Guten Tag, Herr Gynäkologe!

Ueberlingen
Hafeneinfahrt
2

Zwölf

Heute Nacht geträumt, dass es ununterbrochen läutet. Ich sehe, dass schon einer in der Halle vor der Wohnzimmertür steht, trotzdem geht das Läuten weiter.

Ich gehe irgendwie hin zu dem. Es gelingt mir, ihn zu einem Schuppen zu führen, der vor dem Haus unter Waldbäumen steht. Wir kommen sogar aus unserem Tor hinaus. Stehen draußen im Wald.

Zwei phantastisch große, wie aus Lederstreifen gemachte, technisch graue Spinnenkäfer nähern sich unserem Tor.

Käthe springt vor und dreht die Käfer im Lauf einfach um. Jetzt rennen sie genauso von uns weg, wie sie vorher auf uns zugerannt sind.

Aber als Käthe zu mir zurückwill, zieht der, der immer noch zwischen den Bäumen steht, eine Pistole, hält sie mit beiden Händen, zielt auf Käthe und schießt zwei Mal. Käthe stürzt und ruft: Hilf mir, hilf mir doch!

Ich kann nicht.

Und erwache. Von da an kein Schlaf mehr.

An einem solchen Tag möchte man den Kopf frei haben –
es sollte sich reimen, und
der Frost sollte von den Schultern springen
mit einem Klang,
der sollte sich halten.

Kurz vor fünf weckte die Katze durch ihr direktes Geschrei. Theresia ließ sie ein. Weststurm.

Ich erwachte aus einem wirklich opernhaften Traum.

Auf dem Hoyerberg, in einem Haus mit Panoramascheiben. Käthe und ich. Drunten, etwas seitlich, die gewaltige Opernbühne. Auf der Bühne stiegen unter Musik Gipsgruppen klassischer Statuen, eine Gruppe nach der anderen, schräg in die Luft hinauf, ins Gewölk, in dem sie verschwanden.

Dann purzelte Theresia den Berg hinunter.

Käthe ihr nach, sie zu retten. Sie muss sie wiederbringen.

Ich bleibe bei dem Filmteam im Zimmer. Ich bin in der Gewalt des Teams. Alles ist aufgebaut, man wartet nur noch auf günstiges Wetter. Ich finde, die vor uns spielende Oper sei doch genug.

Als Käthe zurückkommt, sind da plötzlich Terroristen. Wir rühren uns nicht mehr. Ich sehe am hinteren Fenster Schatten ... Ein Terrorist sieht das auch. Ich denke, jetzt erschießt er uns. Aber es fallen zwei gedämpfte Schüsse, beide Terroristen sind in die Stirn getroffen, Käthe hat einen und ich habe einen im Arm.

Sie sterben uns unter den Händen.

Eine gefährliche Motorradraserei. Am Steuer Rudolf Augstein, nachts, der Bodensee stürmisch, vorbei an vielen kleineren, halbgesunkenen Booten.

Plötzlich dreht er um. Die Angst löst sich.

Dort landet gerade ein Bub, der fliegt mit einem eleganten, viereckigen Gestell, muss aber in beiden Händen Gewichte, allerdings schön geformte, tragen.

Ich will auch mit so einem Gestell fliegen, sehe aber, dass schon Peter Hamm und Rudolf Augstein den Himmel hinauffliegen.

Ich schau vom Berg aus zu. Sie tanzen. Augstein führt Hamm als Dame (auch so gekleidet, heroisch zerfetzt und ein grandioses Jugendstilbild überhaupt), und ich rufe denen meine Begeisterung zu, suche einen Malernamen, der ihre Erscheinung gemalt haben könnte.

Doch da glüht der Hang, auf dem ich stehe, verglüht, es raucht noch da und dort, eine Gans schleppt sich von der Seite herein, bricht immer wieder zusammen, rafft sich auf, sie ist durch die Glut gegangen, ihr Schnabel ist halb verbrannt, es sieht aus wie Holz, das gebrannt hat, dann aufgehört hat zu brennen, verkohlt. Schließlich bleibt die Gans liegen, regt sich aber noch. Sie sieht aus wie die Gans, die Theresia in Batik gemacht hat.

Ich sage: Man muss sie töten. Ein Messer! Ein Beil! Aber wie?

Käthe ist auch ratlos.

Ich muss ihr den Kopf abschlagen, aber die Beilschneide ist nicht breit genug, da treffe ich vielleicht nicht voll.

Mir fällt die Reishacke ein, die hat eine Klinge von mehr als zwanzig Zentimetern Breite ... Damit werde ich es schaffen.

63B72/2

Wir wohnen in einem zum Wasser hin offenen alten Haus.
Uwe Johnson kommt. Er ist aber Frau K. Erst nachträglich sehe ich, dass sie vollkommen Wesen und Gestalt von Uwe hatte ... Und ich bin per Sie mit ihm, wie mit Frau K.
Er kommt mit mehreren industriell zusammengefügten Kunststoffflaschen. Das ist sein Gastgeschenk. Ich sage, das sei doch zu viel!
Darauf entreißt er der Flaschenbatterie sofort eine Flasche. Dann beklagt er sich über Theresia, dann schimpft er auf Franziska.
Da kommt plötzlich Edgar aus dem Fernsehapparat und erheitert uns alle. Er steht über der Situation ...
Mir war das nicht gelungen.

Es gibt kein Unterbewusstsein.
Dass ich in die Bereiche, aus denen sich nachts meine Träume requirieren, am Tag nicht kommen kann, liegt einfach an der Natur des Schlafs. Im Schlaf werden älteste Daten von jüngsten geweckt, von den augenblicklichen sogar, am meisten von den augenblicklichen. Wie ich jetzt liege, die physische Bedingung des Augenblicks, produziert den Traumverlauf.
Das Gedächtnis ist ein geordneter, wenn auch als Ordnung nicht überschaubarer, nur als Ordnung erfahrbarer Vorrat. Je länger ein Datum sich hält im Gedächtnis, desto mächtiger wird es im Traum.
Darum liefert die Kindheitszeit den Träumen die meiste Nahrung. Wasserburg ist mein Traumschauplatz, das Haus Nr. 57/3 mein Traumhaus. Ob in diesen Träumen Angenehmes oder Unangenehmes zu erleben ist, das entscheidet die aktuelle Lage.

Wasserburg-Szene: Das Haus von Lichtersteigers ist weg.
Ein Drittel des Hauses von Hagens ist auch weg, man sieht frei bis zum Bahnhof.
Alles sehr sauber, sehr gepflegt, sehr kalt, sehr leer.

Dreizehn

Ein Fiebertraum. Dass über Bertolt Brecht berichtet worden sei, er habe die Länge der Geschlechtsteile von Erhängten gemessen.
Und wenn ihm die zu lang vorgekommen seien, habe er gesagt, durch das Erhängen sei die Wirbelsäule verrutscht; was er hier als Geschlechtsteil messe, sei in Wirklichkeit ein Teil der Wirbelsäule.
Diese Nachricht sollte mir, so fasste ich es im Traum auf, sagen, dass sogar Brecht hinsichtlich der Länge seines Geschlechtsteils besorgt gewesen sei. Und noch im Traum nahm ich mir vor, diese Nachricht als eine wirkliche zu publizieren. Ich war mir ganz sicher, die Brecht-Feinde würden diese Nachricht befriedigt aufnehmen; danach allerdings würde ich bekanntgeben, dass es sich nur um einen Traum gehandelt habe. So wollte ich die Brecht-Feinde beschämen.
In allen halbwachen Momenten der Schwitz- und Halsweh-Nacht dachte ich daran, dass ich diesen Traum ja nicht vergessen dürfe, um meine Publikation starten zu können.

KRONE

Der Boulevard Saint-Michel wird in Hans-Werner-Henze-Boulevard umgetauft.
Ich: Da wird sich Henze aber freuen!

Bodensee
Segelregatta bei

Mit Edgar im Zimmer 11 in Wasserburg.
Die Tür ist nicht abgeschlossen, nicht einmal zu, die Türklinke ist weg, die Tür ist angelehnt, also sofort hin, und in dem Augenblick weiß ich: Mama lauscht an der Tür.
Als ich hinkomme, huscht sie weg, zu sich hinüber ins Zimmer 8.

Eine Akademie-Tagung im überfüllten Zimmer 9 in Wasserburg. Und ich lese einen Text vor, in dem französische Wörter vorkommen, die nicht auszusprechen sind. Ich weiß, dass jeder hier im Raum diese Wörter besser aussprechen würde als ich. Es ist aber auch ein Willkür-Französisch, zum Beispiel: *branghementique*.

Max Frisch und Arno Schmidt.
Letzterer stellt sich als gleichaltrig heraus, und das hatte ich nie bemerkt.
Typisch für mich: Verehrend unterworfen hatte ich mich diesem anmaßenden Auftritt und hatte nicht bemerkt, dass der nicht älter ist als ich!

Maria Stuart kommt mir auf der anderen Seite des Gangs entgegen. Ich renne sofort nicht mehr, auch wenn ich den Zug nach Friedrichshafen jetzt nicht mehr schaffe. Ich kann nicht an Maria Stuart vorbeirennen. Sie trägt ein Lächeln im Gesicht. Schaut natürlich nicht zu mir herüber. Und weil ihre Bekleidung bis zum Boden reicht, sieht man nicht, wie sie geht. Aber sie schwebt auch nicht, es ist, als werde sie über den Boden geschoben.
Hinter ihr Professor Beißner. Der schaut herüber zu mir.
Sobald ich an Maria Stuart vorbei bin, renne ich wieder. Die Angst, den Zug nicht mehr zu erreichen, wird übermächtig, es ist unvorstellbar, diesen Termin zu versäumen!

Franziska in einem TV-Quiz in der Endrunde. Sie schafft es nicht. Sehr verlassen sehe ich sie auf dem Bildschirm. Im Mantel. Gekrümmt von der Niederlage.
Dann Marcel Reich-Ranicki: In einem furiosen Finale wird er Sieger. Vor lauter Übermut reißt er noch ein paar Sessellehnenteile weg und schleudert sie in die Luft.
Dann siegt er auch noch als Filmkritiker. Das ist die große Überraschung, weil niemand gewusst hat, dass er auch auf diesem Feld starten würde.

Herma weist mich darauf hin, dass die Wörter in meinem Text Szenen seien. Ich will ihr erklären, dass ich das nicht gewusst habe, spüre aber, dass sie mir nicht glauben würde. Also lass ich es. Sie weist mit dem Finger auf die Wörter. Alles ganz unbekannte, in der Sprache sonst nicht vorkommende Wörter.
Und ich habe das nicht gewusst!

Vierzehn

Auf einer sanften Steigung liegend, die vom Straßenniveau auf das Niveau des Güterbahnhofbodens führt. Urinierend unter der Decke, und zwar exzessiv, mit zunehmendem Wohlgefühl.

Deutlich nehmen Beschwerden ab, die ich nie durch eine solch simple Verrichtung geglaubt hätte lindern zu können. Es steigen Wolken auf von meinem Platz. Offenbar war es draußen kälter.

Da kommt von Köberles Eingang Weises Irmgard auf mich zu, das ist einerseits angenehm, andererseits furchtbar peinlich, weil ich doch gerade mit Wasserlassen beschäftigt bin.

Wasserburg a. Bodensee

Eine Schwarze, Übervollbrüstige, die ich von oben nach unten küsse. In Wasserburg, in Zimmer 8. Wir haben kein Licht gemacht, aber es fällt Licht von außen herein, ein scharfes Segment, in dem wir nicht sind.
Als ich in ihr bin, fast in ihr, höre ich meine Mutter und weiß, dass sie gleich die Tür öffnen wird. Also unterbreche ich uns sofort. Will Harmlosigkeit herstellen.
Aber mir ist doch klar, dass die Dunkelheit im Zimmer gegen uns spricht.

Traum gestern Nachmittag:
Das Geschlechtsteil zur Hälfte weg. Ich muss es in einer Schachtel verbergen.
Schaue an mir nach. Zum Glück ist es nachgewachsen! Schaue auf, schon liegt eine zweite Geschlechtsteilhälfte da.
Wieder verstaut und an mir nachgeschaut, und wieder ist es, zum Glück, nachgewachsen!

Das eigene geschwollene Geschlechtsteil zum Essen angeboten. In Portionen. Es wachse ja nach.
Und das, ohne einen Gruseleffekt erzielen zu wollen und ohne Scheu und Scham.
Das einzige Problem: Ob es wirklich nachwachse?
Ja.
Also kein Problem.

Warum schämt man sich, Träume aufzuschreiben? Nicht wegen des möglicherweise sexuellen Anteils. Nur weil in den Träumen die Rollen und Gewichte nicht so verteilt sind wie in der Wirklichkeit. Wenn zum Beispiel die Ausscheidungen eine größere Rolle spielen, als wir als Erwachsene zugeben bzw. wahrhaben wollen.

Traum von einem Schneckenpaar.
Ein Geschlechtsverkehr.
Er macht sich über sie her.
Es ist scheußlich.
Folge einer Geschlechtsverkehrsstunde im Fernsehen.

Fünfzehn

Während ich einen Mädchen-Traum habe, träumt Käthe, dass sie mit einem Messer eine Frau erstochen hat. Wie genau, weiß sie nicht mehr, sie sieht nur, dass die Polizei das Messer untersucht und gleich ihre Fingerabdrücke feststellen wird. Sie hält sich für verloren.

Heute Morgen von zwei Schlägen ins Gesicht erwacht, die ich mir selber gegeben habe. Das war das erste Mal, dass ich so aufwachte.

Liege wie im Gepäcknetz eines Zugwaggons, aber im Freien. Von unten kommen Hände, viele, mein Name wird gesagt, es geht gegen mich. Die wollen nicht irgendjemanden, sondern mich.
Die Hände erreichen mich schon, ich kann mich nicht bewegen, gleich wird es aus sein. Ich versuche zu schreien und erlebe, dass auch dazu die Kraft, die Luft nicht mehr reicht. Nur noch ein kleiner Ohnmachtsschrei wird laut.
Den kriege ich, erwachend, noch mit.
Das Herz sticht, keine Luft mehr. Ich muss wieder vorsichtig das Atmen anfangen. Aber mir fehlt zum Atmen der Mut. Ich bin durch und durch erledigt.

In Friedrichshafen. Eine schrille Klingel. Noch mehr Nacht als Morgen.
Ich, sofort: Nicht an die Tür! Johanna, Käthe, der Hund und ich im Zimmer.
Theresia öffnet schon die Tür.
Die Polizei. Einer in hellblauer Uniform dringt ein.
Mir ist klar: Die suchen mich. Die wissen, dass ich einen umgebracht habe, sie suchen die Reste der Leiche. Wo habe ich sie versteckt? Zum Teil hinter der Garage, zum Teil am See, am Ufer.
Aber ich erwache – im Traum. Und träume weiter. Habe ich das wirklich getan? Das ist ganz entsetzlich. Ich muss annehmen, dass ich das wirklich getan habe, weil ich mir das Gegenteil nicht beweisen kann.

Wenn ich jemandem Bestimmten in dieser Nacht noch ein zweites Mal begegnen würde, hieße das, dass ich umgebracht werden würde. Und ich begegne ihm. Also steht mir das Umgebrachtwerden bevor. Aber ein kleines Wesen mit quälender Stimme macht mir klar, dass man doch nicht an so etwas glauben muss. Solche Voraussagen sind doch nicht einfach wahr. Und egal, ob sie wahr oder nicht wahr sind, man kann sich doch wehren!

Das leuchtet mir allmählich ein, und ich komme von der vollkommenen Todeserwartung zurück.

Das ist die Hauptstrecke. Aber darin sind noch ganz andere Erscheinungen enthalten. Sexuelles Leuchten.

Polizei und Gericht bemühen sich zu beweisen, dass ich etwas nicht getan habe, ich weiß nicht, was. Wahrscheinlich etwas Schweres. Wahrscheinlich will ich jemanden getötet haben.
Die ganze umständliche Prozedur … Sie schaffen es nicht, mir zu beweisen, dass ich nicht der Täter bin. Es ist gar nicht so unangenehm, dass sie sich solche Mühe geben, mir die Unschuld nachzuweisen, aber das ist eben genauso schwierig und langwierig wie sonst der Nachweis der Schuld. Die Alibis, die sie mir präsentieren, finde ich nicht stichhaltig. Ich muss mit den Unschuldsbeweisen, die sie anbieten, enorm kritisch sein.

Sechzehn

Betten auf dem Bahnhof von Wasserburg, Daunen. Man kommt kaum aus dem Zug, versinkt in Bettzeug.

Ich musste aus der Stadt und dieses schöne Mädchen zurücklassen, sie war so traurig, dass ich das Gefühl hatte, ich müsse noch viel trauriger sein als sie.

Wenn ich gegen Morgen erwache und mich bemühe, den Traum unvergesslich zu machen, ihn dem Tageshirn einzuprägen, merke ich, dass er gar nicht ins Tageshirn passt. Er muss kaputtgehen, wenn man ihn fassen will, fassbar machen will. Sein Schweifen und Ziehen geht in kein Nacheinander.

Drei Wagen ohne Lokomotive. Ich mit Sophie und noch einer Verwandten. Beide sehr klein. Miniaturausgaben fast. Ich stelle Sophie englisch vor. Ich sage: *She's my aunt Sophie.* Ich stelle sie aber einem Hiesigen vor. Und Englisch spreche ich Sophies wegen, weil ich annehme, sie könne kein Deutsch. Zu meiner Überraschung und Beschämung spricht sie dann aber einwandfrei Deutsch. Das sieht jetzt so aus, als hätte ich angeben wollen.

Und das in Wasserburg! Mit einer Fremdsprache.

Siebzehn

Einer hat einen Zeigefinger, der irgendwo amputiert ist, den er halten kann wie einen Kugelschreiber. Der Zeigefinger ist warm und durchblutet. Also nichts Ekelhaftes.
Er kann sich mit diesem Zeigefinger kratzen. Auf etwas deuten.

Horst Janssen zu Besuch bei uns.
Zum Glück kann ich ihm Felswände zeigen, die menschliche Antlitze portraithaft genau darstellen.
Ich habe Angst, dass er zu trinken beginnt …
Es wimmelt von Kindern.
Sein letztes Wort: Seid nicht so *empfindlich!*

Geträumt, dass die Regale leergestohlen seien. Keine Flasche mehr da.
Und Max Frisch und Karin sind da.
Und er hat ein fabelhaftes Tier bei sich: groß wie ein Collie, beige-braun, ein Federkleid, ein Vogel auf vier Füßen, sehr schnell und elegant.
Ich schaffe die Überzeugung: Das ist ein Traum, der Wein ist nicht gestohlen.
Aber dann sehe ich es doch, schreie vor Wut und Enttäuschung: Nicht eine einzige Flasche ist mehr da!

Gasthof
Mainaublick
See-Villa«

Palmen m. Schlosskirche, Insel Mainau/Bo

Achtzehn

Zwischen Turnhalle und Eisenbahnbrücke geht ein Wesen ohne Arme und ohne Geschlecht, nackt, und ist das Schaustück einer Transplantation: Eine dicke Hautschärpe läuft von links unten, von der Lende, bis über die rechte Schulter.
Dann dreht sich das andauernd vor sich hinredende Wesen um – von hinten einfach ein nackter Mensch.

Ein Ministrant schob mir die Hostie mit Hilfe eines eisernen Werkzeugs brutal in den Mund.
Mein Mund war nicht bereit. Musste geöffnet werden.
Dann zurück auf der Männerseite. Einer rief mir laut etwas zu. Ich bat ihn, still zu sein.
Es war peinlich.

Frohe Jugend am Bodensee
Foto Lauterwasser

Hausaufgaben
Rechnen S. 7

Mein Protest dagegen, dass ein theologischer Vortrag nicht abgedruckt werden sollte: Ich trommelte mit Fäusten auf den Theologen ein, der das entschieden hatte, beschimpfte ihn, der viel jünger war. Erst allmählich beruhigte ich mich, suchte ein Auskommen mit ihm.

Neunzehn

Trauerfeier für ein Kind.

Ich komme in eine Halle, bin in einem zu hellen Anzug. Offenbar ist mir der Anlass nicht bewusst. Ich suche hinten Bänke.

Vorne schüttelt es Frau Ficus vor Schmerz. Der kleine Sarg steht, kubistisch bemalt, auf der vordersten Bank, sehr sichtbar.

Herr Ficus beobachtet ruhig, ohne Trauer, wie wir auf den Schmerz seiner Frau reagieren.

Nachher in einem schweren alten Mercedes, fast einem Rennwagen von 1935. Ich kippe schon einmal seitlich in einen Graben, bleibe unverletzt, dann von Kümmertsweiler nach Kressbronn, aber auf einer Straße, die Längsrisse zeigt. Nur nicht mit den Reifen in so einen Riss kommen, dann fällt wahrscheinlich die eine Straßenseite ganz weg, ins steile, tiefe Tal! Tatsächlich passiert das. Das Auto stürzt ab, Guido Gierer und ich hängen, uns mit den Fingern gerade noch haltend, in der Luft. Aber diese Partie bricht auch noch ab. Guido greift nach etwas Festerem, ich finde mich mit dem Sturz ab, hoffe aber, dass ich durch das Erdreich, mit dem ich falle, noch einen Polstereffekt erziele ...
Doch der Sturz wird sehr tief gehen, das sehe ich und sage zu Guido, dass es eben jetzt so weit sei!

Eine Art vielzimmrige Ärztepraxis mit romanisch hohen Räumen. Manchmal sind die Räume nur hohe Gänge mit gewölbten Decken, alles weiß und elektrisch grell.

In sämtlichen Ecken lagen Leute. Nur Nackte. Auch nackte Körperteile, blutige, kotige. Niemand stand. Einzelne lagen und stießen sich Spritzen in den Arm, d. h., sie versuchten es vergeblich, sie waren schon zu gierig, zu süchtig, sie schafften es nicht mehr, sich zu befriedigen.

In den schmaleren Zimmern stand der Urin kniehoch. Darin lag ich. Und im Urin trieben Brocken Drecks jeder Art und Körperteile und Innereien auf mich zu.

FRIEDRICHS

EN, Hafeneinfahrt.

Herr und Frau Grübel auf der Paulinenstraße. Sie sind so groß wie Zehnjährige, aber alt. Sie schieben einen kleinen Handwagen. Nach der Kurve ist es ein Leichenwagen.
Wir schieben alle. Der Wagen ist viel zu schwer. Er drückt zurück. Wir werden ihn nicht halten können! Er wird zurückrollen, uns überrollen!

Mein Bruder Josef. Er war wieder da.
Ich, glücklich, sagte zu ihm, dass ich schon oft von ihm geträumt habe.
Immer, dass er wieder da sei. Aber es sei immer nur im Traum passiert.
Endlich sei er wirklich da!

Zwanzig

Der neue Roman ist in einem Probedruck da. Siegfried hat ihn gebracht. Er ist gebunden wie ein Goldschnitt-Mess-Schott in schwarzem Leder. Ich schlag ihn auf. Fast auf jeder Seite Zwischenüberschriften in gleißendstem Gold ... Auf einigen Seiten oben schöne Zeichnungen zum Text.
Siegfried und ich sehen einander an.
Er: Das ist das schönste Buch, das wir je gemacht haben!

Ein Dank geht an Alexander Fest für die Auswahl und Anordnung dieser Texte.

Originalausgabe
Veröffentlicht im Rowohlt Verlag, Hamburg, April 2022

Layout und Satz Fagott, Ffm
Gesetzt aus der Centennial
Druck und Bindung CPI books GmbH, Leck
ISBN 978-3-498-00319-7